KB241622

도선장 불빛 아래 서 있다

도선징 불빛 아래 서 있다

강형철 시집

창비시선
2 2 0

차 례

───────────────────────── **제3부**

제1부

야트막한 사랑

사랑 하나 갖고 싶었네
언덕 위의 사랑 아니라
태산준령 고매한 사랑 아니라
갸우듬한 어깨 서로의 키를 재며
경계도 없이 이웃하며 사는 사람들
웃음으로 넉넉한

사랑 하나 갖고 싶었네
매섭게 몰아치는 눈보라의 사랑 아니라
개운하게 쏟아지는 장대비 사랑 아니라
야트막한 산등성이
여린 풀잎을 적시며 내리는 이슬비
온 마음을 휘감되 아무것도 휘감은 적 없는

사랑 하나 갖고 싶었네
이제 마를대로 마른 뼈
그 옆에 갸우뚱 고개를 들고 선 참나리
꿀 좀 핥을까 기웃대는 일벌

한오큼 얻은 꿀로 얼굴 한번 훔치고
하늘로 날아가는

사랑 하나 갖고 싶었네
가슴이 뜔 만큼 다 뛰어서
짱뚱어 한마리 등허리도 넘기 힘들어
개펄로 에돌아
서해 긴 포구를 잦아드는 밀물
마침내 한 바다를 이루는

금화터널을 지나며

매연이 눌어붙은 타일이 새까맣다
너는 사랑하는 사람의 이름을 적어
그 곁에 **보 고 싶 다** 썼고
나는 정차된 좌석버스 창 너머로
네 눈빛을 보고 있다
손가락이 까매질수록
환해지던 너의 마음
사랑은 숯검댕일 때에야 환해지는가
스쳐지나온 교회 앞
죽은 나무 몸통을 넘어 분수처럼 펼쳐지는
능소화
환한 자리

10년 전의 일기장에

10년 전에 중단한 일기장에
오늘 일기를 계속하여 써도 전혀 어색지 않구나
강산도 변하고 만나는 사람도 바뀌어야 옳을 텐데
세월은 뒤집어놓으면 똑같은 모래시계
아이 둘과 아내를 위해 몇시간
짬을 낼 수 없는 처지도 같고
친구들과 어울려 시큼한 호프잔만 들이켜는 것도 같다
생계는 여전히 발뒤꿈치 물려고 달려오는 도사견
그때도 달렸고 지금도 달리지만
머리카락만 성성해졌고 약간 배가 나와
달리기가 힘들다는 것
하지만 이 긴 경주가 얼마 남지 않았다는 것이 위안일까
시멘트벽에 붙은 입동의 헐벗은 담쟁이덩굴이
내 몸으로 달려올 것 같아
나는 열린 창을 화급히 닫는다.

아현시장

아현시장에 오면 즐겁다
가게와 가게 사이 둘러쳐진 비닐에
이따금 머리카락이 스치는 기분도 기분이지만
싸구려로 쌓아놓은 스타킹 내복 양말
어물전 앞에서 세상을 향해 배꼽 내놓은
고등어 꽁치 생태
그 옆의 도미 조기 맛 농어 임연수어 계통 없는
집합이 즐겁고
평생 고추 빻는 일만 할 것 같은 방앗간
기계 사이 낀 고춧가루 털어내는 막대기 소리도 즐겁다

모가지가 잘렸어도 가부좌로 태평한 닭의 종아리
조그만 됫박 위 마른 다리 서로 엮으며
긍지의 잡담을 늘어놓고 있는 마른멸치
플라스틱 바가지로 쏟아져내리는 어묵덩어리
그 무수한 엇갈림이 좋다

엊그제 사간 옷을 바꾸러 왔다가

14

싸움으로 번진 옷가게는 시끄럽고
고무함지에서 미꾸라지가 일으키는 구정물도 신난다

시장 입구 한쪽에선
삼십 년째 빈대떡을 뒤집는 할머니
풋고추 성성 썰어 간장통을 채우며
입술 오므려 호박전의 어깨를 짚고

명동 계란말이집

골뱅이무침 속에 든 명태포처럼
비법을 알 수 없는 도톰한 계란말이처럼
자정 넘어 너는 내게로 왔지
얼비치는 어둠속에서 네 가지런한 치열이 보였어
은행 옆 가로수로 심어진 목튤립이
한 뼘 열 뼘 쑥쑥 자랐어
엉겁결에 네 갈비뼈를 안은 내 팔은
선유도의 백사장처럼 활로 휘었지
가난했던 세월을 지나 다시 가난을 입맞출지라도
혀들이 만들던 하많은 강물
명동성당 쪽으로 흘러 촛불을 켰던가
거기서 성모송을 더듬거리다
먼 사막처럼 누운 길들을 보았어
음식쓰레기 국물, 우리네 인생을 안다며
보도블럭 사이로 스몄고
불 나간 네온사인 곁에서
돌연 가슴들이 알전구로 일어서고 있었어
잠자던 세포들은 온몸의 벽을 두드리고

청계천이 문을 열어 환해졌던가
오래 전에 잊은 누이의 얼굴
생전 제대로 못 나눈 동기간의 우애
피붙이들이 나누는 살가운 미움
가슴으로 오호오호 살아오고 있었지
詩, 네가 나에게로 오던

손톱 깎는 남자

도심으로 향하는 버스 정류장에 서서
그는 손톱을 깎는다

기다리는 버스를 외면한 채
오랜만에 손톱을 깎는다

마음속에 젖어드는 평안
오래 길어난 것은 손톱만이 아니다

어느새 쫌쫌 입을 내민 은행잎
안쪽으로 빠르게 숨는 사내의 짧은 비애

마침내 그는 손톱을 다 깎고
손가락 끝을 후후 불며
다가올 버스를 기다린다

그 긴 휴식을 아무도 눈치채지 못한다

까치집

잎들을 모두 반납한 나무에
까치집이 걸려 있습니다
까치의 짧은 입술이 닿았던 나뭇가지
11월의 바람이 지나다 가만히 들어앉아 봅니다
배 밑의 부드러운 살에
뜨거운 온기를 나누어 갖던 일들
깨치며 하늘을 담았던 자리
순간 목덜미가 따뜻해집니다
하늘이 다녀간 것이 분명하다며
바람은 다시 일어서는데
산 아래 마을에서 아이들
아우성칩니다

까치집 바람 들어갔다

거미줄

남산
케이블카
외줄 붙들고
벌벌 기어올라간다

줄 놓치면 세상이 끝날라

밥아 주걱에 달라붙은
밥알 몇개야

남산 케이블카
기어올라가는 외줄

빈집 허청 갈퀴 끝
가로질러 빛나는
한 줄 거미줄의 눈부심.

동박새는 하늘로 고자질하고

밑변 없는 삼각형을 이끌고
거룻배 한 척 천천히
다도해 섬 사이로 숨고 있다

향일암 동박새 우두커니 바라보다
스님 무릎 앞에 달려가 고자질한다
틀림없다고, 동백꽃 짓밟고
훔쳐간 것은 엊그제 태풍이 아니고
섬으로 돌아가는 저 거룻배라고

향일암 받치고 있는 커다란 바위
등성이로 넘어온 노을에
앞가르마 타며
껄껄 웃는다

돌산 앞바다 부표 머리께로
바람만 기어오르다 뒤집어지고.

도선장 불빛 아래
군산에서

백중사리 둥근 달이
선창 횟집 전깃줄 사이로 떴다
부두를 넘쳐나던 뻘물은 저만치 물러갔다
바다 가운데로 흉흉한 소문처럼 물결이 달려간다
꼭 한번 손을 잡았던 여인
도선장 불빛 아래 서 있다
뜨거운 날은 사라지지 않는다
사랑할 수 없는 곳을 통과하는 뻘물은 오늘도 서해로
흘러들고
건너편 장항의 불빛은 작은 품을 열어 안아주고 있다
포장마차의 문을 열고 들어서며
긴 로프에 매달려 고개를 처박고 있는 배의 안부를 물
으니
껍딱은 뻥기칠만 허믄 그만이라고
배들이 겉은 그래도 우리 속보다 훨씬 낫다며
무엇을 먹을 것인지를 묻는다
생합, 살 밑에 고인 조갯물 거기다
한 잔 소주면 좋겠다고 나는 더듬거린다.

물 젖은 도마 위에서 파는 숭숭 썰려 떨어지고
부두를 덮치던 파도는 어느새
백중사리 둥근 달을 데리고
포장마차 안으로 들어선다.

도림천변에서

버림받은 어머니
말라비틀어진 젖가슴처럼
굵은 자갈 불퉁거리고, 비닐봉지 막대기에 펄럭이더니
봄비엔 흐를 줄도 안다고
천변 개나리꽃 향해
눈짓 한번 하지 않고 흐른다

가난한 시인의 옆구리를 꿰뚫었던 복수척출용 호스처럼
숭숭 뚫린 하수구 구멍
구로 대림천 부근 생활오수를 뽑아
척추에 박힌 철근 콘크리트 기둥도 감싸안고
의젓하게 흘러가는 도림천

봄비라고

천변 옆 쑥잎 위에 괸 이슬
함께 받아 마시면서 신나면서
도림천, 그 배 가른 간고등어

꽉 차

살아서 간다

광고판도 승천한다

여의도에서 영등포로 건너가는 다리 위
상업광고판이 승천하고 있다

내가 본 것은 광고판을 비추고 있는 형광의 불빛이
내리는 비 때문에 기화하는 것이지만
그림판 안의 여자가 열 고운 치열을 드러내고 활짝 웃
으면서
무관심한 사람에게 카펫에 대한 호기심을
세탁기에 대한 꿈을
청소기에 대한 필요성을 주입시켰으니 성공이라며
아들 데리고 승천하는 선녀처럼
광고판 타고 승천하고 있다

봄밤을

세상에, 봄밤을.

겨우 존재하는 것들* 1

퉁겨나가고 싶은 물질들이 서로 엉켜 있다. 서로의 가슴을 밀며 등짝을 때리고 때로는 부둥켜안기도 하지만 퉁겨나가고 싶은 힘은 용수철의 배꼽을 누르고 벽을 뚫고 말을 뱉어내면서 초신성(超新星)의 얼굴을 들이민다. 거기 얼비치는 얼굴아 거기 오래도록 서서 음습하게 대기하고 있는 얼굴아 자중하여라 자중하여라 순간 네가 나타났다 사라지고 세계는 다시 제자리를 찾는다. 콤팩트 디스크 판 위로 핀이 꽂혀 떤다

그래 무엇이 잡히고 무엇이 존재할 수 있는가. 서로의 이마엔 땀방울이 유리잔 밖의 이슬처럼 대롱거리고 수세기를 건너온 화광이 쿼크와 렙톤을 데리고 보존과 함께 몸속에 영원히 드러눕는다. 잡을 수 없는 것들은 서로를 끝까지 갈망하며 고개를 돌리고 잘도 잠을 잔다.

* 김제완 『겨우 존재하는 것들』, 민음사 1993.

겨우 존재하는 것들 2

해변에서 일주일 동안 아무 말 않고 우두커니 앉아 있기·전망 좋은 방에 흔들의자 두 개 갖다놓고 종일 쳐다보기(생각이 있으면 적어서 보여주고 때리기 없기)·강화도 안면도 홍도 울릉도 개도 선유도 목포에서 밀물때와 썰물때에 부두 말뚝 위에 걸터앉아 있기·해변에서 망둥어 낚기·태풍부는 날 동해 쪽 이름 알려지지 않은 포구에서 방파제 때리는 파도를 보고 놀라지 않기·뻘밭 걷기(발에 묻은 뻘은 씻지 말고 햇빛에 말려 털어내기)·상추씨 심어 상추 나면 된장 조금 넣고 상추 싸서 서로의 입에 넣어주기(흘린 밥알 황급히 주워먹기)·메뚜기 잡아서 눈싸움하다가 지면 풀어주기·뻘밭에서 게를 잡다가 손을 물리거나 모래밭에서 생합 잡기

이런 소망을 얘기하면서 상대방의 태도를 보아 몇가지 더 가감하기(예를 들면 검지로 이마를 콕 찍으며 너는 어느 별에서 왔냐고 묻는다거나 괜히 한숨을 포옥 쉬면서 더듬거리기도 할 것 등등)

에에, 이것이 그러니까 다시 말하면 에에, 단도직입적
으로 말해서 유리잔은 혼자서도 깨진다는 것을 발견한
어느 좀팽이가 지니고 있는 꿈입니다.

겨우 존재하는 것들 3

산 아래 모든 집들이
가슴 앞에 불 하나씩
단정하게 달고 있습니다

앓아누운 노모가
자식의 손에
자신의 엷은 체온을 얹듯
세상의 어둠 위에
불들은
자신의 몸을 포갭니다

땀보다도
그림자보다도 긴
흔적들
짚불보다 더 뜨겁습니다

불빛 너머
손금처럼 쥐고 그댈 그리워하던

내 마음도
창호지 밖 그림자로 어룽입니다.

다시 도림천변에서

개숫물 짤짤 흐르는 도림천 바닥에
쑥갓 줄기 몇개에 붙잡힌 콘크리트 기둥아
해종일 지나다니는 전철을 견디느라 힘들겠구나
네가 견디는 것이 이 세상 사람들
욕망과 번민과 애처로운 슬픔이라고
움푹 패인 웅덩이 밭은 입술에게 말하지만
나는 또 안다
바람에라도 흔들리며 이따금 고개를 돌려
온몸을 뉘는 풀들이 차라리 부럽다고
굳은 어깨의 모래 몇개 부서지고
복개되지 않은 곳에 드러난 그 막막한 공백이
차라리 충만하다고
쏜살같이 달리는 자동차
불빛 따라 달려가고 있다는 것을
우리들 사는 일 모두 이와 같아
플라타너스 이파리 그 애린 순이 너의 키만큼 자라
손사래 치며 웃고

제2부

탑골공원 1

진달래 철쭉 옥잠화 피던 자리
나뭇가지 움켜쥐고 매미가 운다
비닐우산 뒤집으며 소나기 쏟아지던 자리
은행나무 노란 손가락 벌려 쏴아아 햇빛을 쏟아놓는다

사주 관상 취직 택일
흰 모조지에 먹글씨
할아버지 할머니 세월을 논다

더러는 멱살잡이로 단추가 떨어지고
더러는 때 낀 손톱에 소줏잔이 넘치지만
살갗을 스쳐온 추억들은 늙은 담장을 헐어낸다

우우우 비둘기 난다
역사란 늘 남루하다고
살며 부대낀 순간들만 흙 속에 박힌 사금파리로
빛날 뿐이라고

탑골공원 2

콕 콕
부리 끝에
살아온 세월이 쪼아진다

더러는 돌자갈이라 옆으로 퉁겨나가고
더러는 품에 다시 안아보고 싶은 세월이라
몸 안에 보리순 이랑이
진다

콕 콕
살들이 쪼아진다

부리
아프다

겨울, 둔내에서

벌 서는 것일까
기다리는 것일까

능선 아래 두 손 들고 서 있는 녀석들도 있지만
등성이에 야윈 손 서로의 어깨에 얹고
일렬로 서성거리고 있는 놈들도 있다

잎을, 수액을 낭비한 죄
눈보라가 붐빈다

나무들이 언 손을 회초리로 맞는다
꿈만큼 사는 것이지만
마디마디 분질러지며 하얗게 질리는 꿈

뿌리에 닿는
얼음 녹은 세월

봄, 꽃, 피면
허리가 아프다.

햇침

느티나무 아래 화석처럼 붙어 있던 매미허물이 툭 떨어진다 채 썩지 않은 낙엽이 슬쩍 놀라는 표정으로 어깨를 들썩인다 땅 가까이 돌아누워 고물거리는 진동소리에 귀를 기울인다 무엇일까 느티나무, 은행나무, 오동나무, 담쟁이덩굴, 겨우살이 각종 뿌리들 서로 엉켜 있다가 매미허물 떨어지는 소리를 듣는 것일까 첫눈이 옷을 벗고 땅속으로 스며드는 소리일까 서로의 몸을 핥아주며 수런대는 세상 만물의 이야기일까 낙엽은 자신의 몸을 한조각 더 썩여 귀를 세워본다 아니다 아니다 아까부터 들리는 저 소리는 동해바다 넘어 백두대간 거친 산맥을 넘어 마침내 달동네 판잣집을 넘어 시장 가판 비닐포장 아래 언 동태를 넘어 네모난 아파트를 넘어 떠오르는 햇살에 온 세상이 침 맞는 소리, 새해가 열리는 소리다 햇침과 함께 세상 여는 소리다.

화가

여섯시 삼십분 좌석버스 정류장에 도달한 그는 앞에 대기한 버스에 몸을 싣는다 버스 안을 조금 훑어보다가 창가에 앉는다 손에 쥔 신문을 펼치자 광고지가 떨어지고 그는 익숙하게 기사를 훑는다 종합주가지수 앞에서 눈길을 멈추다가 막막해져 창 쪽을 본다 김이 서려 있다 손땟국물은 사라지지 않는다 그는 눈을 감는다 '뭐야 이거 이러다가 본전은커녕 월급에 압류 들어오겠군' 그러나 엊저녁 숙취가 먼저다 그는 눈꺼풀이 따뜻하다고 생각한다 그는 점잖게 등받이에 몸을 밀착시키고 잠에 빠진다 버스가 흔들리자 몸도 찬찬히 흔들린다 마침내 그의 머리가 창에 닿았다 뜨거운 머리에서 전도된 열은 머리카락으로, 다시 창에 서린 뿌연 김으로 옮아간다 차가 흔들릴 때마다 차에 서린 김이 사라지고 묵화 한점이 그려진다 묵화 안으로 틈입하는 각종 간판, 비디오로 들어왔다가 다시 흘러간다. 도사! 그는 거리의 풍경을 유리화판 안에다 다양하게 그리다가 다시 그려야겠군 생각하며 등받이 쪽으로 머리를 옮긴다. 그는 잠 속에서 머리카락만으로도 그림을 그리는 천재화가.

개기월식

개기월식이 있다는 날에도 엘리베이터에 쌀을 싣고 있는 젊은 부부를 보다가 인생이 한번쯤은 어두워질 필요가 있는 것은 아닐까 생각하며 공원으로 간다 아직 달은 멀쩡하다 희뿌윰한 빛 속에서 들락이는 일상의 지리한 일들이 공원 근처까지 따라와 지근거린다 행여 어두운 곳에 가면 잘 보일까 산꼭대기 위 모정까지 올라간다 잣나무와 삼각단풍 사이로 어둠이 간신히 빠져나오다 가로등에 들켜 하얗게 서성인다 사이, 젊은 남녀가 상대방의 젖가슴을 더듬고 어쩌고 하는 것이 보인다 나는 약간의 기침을 하여 인기척을 했고 한쪽이 알았다는 듯 천천히 손을 거둔다 나도 엉겁결에 눈을 들어 개기월식을 보러 온 것이지 다른 뜻은 없었다고 하늘을 본다 그 옆에서 아직 물들지 않은 단풍나무가, 아직 상수리를 달고 있지 않은 짱짱한 굴참나무가 개기월식을 보려면 더 깊은 곳으로 가보지 어딜 훔쳐보느냐고 혼내키는 바람에 어정쩡하게 되돌아서다 몸 안에서 일어나는 개기월식에 눈 먼다.

꽃은 극단까지 핀다

연대 앞 버스 정류장을 스치다
나는 본다
하이힐에 서툰 정장을 하고
타야 할 버스를 향해 비척비척 달려가는 여인
신문 가판대 너머로
일렬로 세워둔 팬지 상자가 노랗게 멀미를 한다

굴다리를 스친다
대오를 지어 호헌철폐를 외치려고 할 즈음
레일 사이 허방으로 뛰어내렸던 여인
불에 타고 있는 것을 끄지 않고
사진 찍던 기자
뭐야뭐야 빨리 불꺼, 이런 죽일놈의 새끼
살이 타던 냄새

빨간 신호등 앞에 버스는 선다
옆구리에 태극기를 달고
'다시 뛰자' 구호를 큼지막하게 써붙인 좌석버스가

멈춘다 IMF 시대라고
신호등의 빨간불을 지탱하는
철기둥 위로 비둘기가 뛰어다닌다

뺀질뺀질한 은행나무 사이 노선변경을 알리는
플래카드가 팽팽하다 찢어질 것 같다
꽃이 극단에 피면 남는 것은
승천뿐
봄날이 우지끈 부서진다.

겟투

새벽 세시, 가위눌려 일어나 '겟투'를 빼어 문다. 담배인삼공사라는 제조처의 이름이 상부에 찍혀 있다. 담배인삼공사라! 담배나 인삼으로 공사를 한다는 것이겠지. 금연하면 건강해지고 장수할 수 있는데 이 뻔한 이치를 모르고 담배를 피우다가 폐가 시꺼멓게 되면 그때는 뭐니뭐니해도 인삼이 최고다 이 말? 그래서 '흡연하면 폐암 등 각종 질병의 원인이 되며 특히 임산부와 청소년의 건강에 해롭습니다'라는 경고문도 이마에 써붙인 것이겠지. 정부가 하등 책임을 질 필요가 없다는 것! 폐암과 보약을 동시에 파는 나라라!

극약과 처방을 동시에 조화롭게 하느라 담배인삼공사 직원들도 오늘밤 연구를 하고 있겠지. 담배 먹고 인삼 먹고 동시에 두 가지를 한꺼번에 연속적으로 하겠지. 그래서 나라는 돈을 벌어 담배인삼공사 직원들 월급도 주고 국고도 채우겠지. 그래서 이름도 겟투라 한 것이겠지.

그렇다면 이런 상황을 무엇이라 이름붙인다지. 국민의 건강에 해로운 물건을 전매특허를 내놓고 팔아 돈을 벌고 이를 위반하면 전매법 위반으로 벌을 주고 대신 아프면 돈 주고 약 사먹으라고 인삼으로 공사를 하는 나라. 이것을 뭐라고!

독립공원

서대문형무소 대신 독립공원이라 불리기 시작하면서
심어진 쑥나무가 고개를 비쭉 내밀고 공원을 순시하고
있다 군데군데 헐어 있는 붉은 벽돌의 옥사 위로 봄 햇
살이 잘게 무너지고 푸른 잔디에 곱게 싸여 있는 사형장
옆으로 유모차를 밀며 젊은 아낙이 우윳병을 들고 지나
간다 언덕 밑으로 허름하게 드러난 시멘트 야외 목욕탕
그 옆의 씀바귀, 개망초 모두 무사하다. 버드나무 낭창
하게 늘어진 주인 없는 지붕 아래 비둘기는 따뜻한 알을
낳고 '계호자 없이 세탁 세면 엄금' 돌 위에 새겨진 글씨
가 가로세로 둘러쳐진 철파이프 너머에서 홀로 당당
하다

누가 여기서 죽어갔을까 누가 여기서 머리를 짓찧으
며 적벽돌 금가게 했을까 어수룩한 질문은 졸졸 흐르는
잡풀더미 속 도랑물 개구리 한마리로 뛰어오르지만, 이
제는 깨끗하게 단장돼 연인들의 은밀한 데이트 코스인
공원은 끝내 입을 다물고 사형장 잠긴 열쇠는 아직도 풀
릴 줄 모른다 지붕 아래 화기 단속 책임자 정·부 표지판

만 페인트 글씨로 남아 며칠 전의 호외 찢어진 신문과
함께 독립공원 이름을 지키고.

덕담

이제 체면도 없다
새해 첫날 서슴없는 인사말로 당당하다

새해에는 건강하시고
부우자 되시고

말하는 나도, 듣는 사람 그 누구도 모두 웃고 대답한다

부자 되라고

이제 모두 뻔뻔하게 해치운다
전화기에 메모로도 남기고
휴대폰의 녹음기에도 남긴다

돈 많이 벌고 부자 되라고
지긋지긋한 가난뱅이는 되지 말라고
복권 주식 채권 호박 건어물 컴퓨터 어떤 것이든 사서
대박 터뜨리라고

개발예정지 미리 사서 튀겨지라고 재개발아파트 사서
몇배로 튀어오르라고
　　자본주의의 나날은
　　겁도 없이 염치도 없이
　　내 살 속으로 들어와
　　유쾌하게 자리잡았다

　　엉겁결에 나도 덕담 한마디

　　자본주의여
　　이제 부자 되셔서
　　차암 좋 컷 소

그리움은 돌보다 무겁다

내가 당신을 사랑할 때는
당신이 사랑하는 나조차
미워하며 질투하였습니다.
이제 당신이 가버린 뒤
고생대 지나 빙하기를 네 번이나 건너왔다는
은행나무에 기대어
견딘다는 말을 찬찬히 읊조립니다.
무엇이 사라진 것인가요
당신이 사라진 것도 아니고
내가 지워진 것도 아닌데
심연으로 가라앉는 돌멩이
앞서 깊어가는,
저기 그리움이 보입니다.

홍천에서

3월인데도 스키장엔 눈이 남아
완만한 곡선에 눈이 부시다

강원도 산이 다 망가진다며 지성인인 척
우려를 토로하다가
막상 이런 곳에 놀러오면
이런 것 몇개는 있을 수도 있는 것이 아닌가
심각히 고려해볼 필요가 있을 수도 있다는 점을
깨닫기도 한다고
어떤 정치인보다 길게 말을 늘여보기도 하지만

볏짚 베잠방이 걸치고 하초를 드러낸 채
스키장 향해 어린 새순 내미는
단풍나무 앞에서
아무래도 나 먼저
단풍이 든다.

제3부

罰
문 밖에서

탱자꽃 하얀 꽃잎에
눈이 팔린 벌 한 마리
가시에 날개를
찔려
도망갑니다

그리 큰 잘못은 저지른 일 없다며.

골목에서

겨울비 봄날처럼 내리는 점심 무렵
골목에서 설렁탕을 드시고
환한 얼굴로 걸어나오는 노인
지나가는 토종개 엉덩이를 보시며 한 말씀

카아아 조오타
통실통실헌 것이

순간, 우렁 잡던 논두렁에서
쏜살같이 하늘로 올라가는
종달새 한 마리

전파사와 피자집 간판 밑에서도
고향은 눈자위가 물러 있다

칠년이 넘었어도 차마 버리지 못하고
고쳐 입은 내 모직 외투에서
자운영 꽃향기 홍건하게 배어나와
봄 논으로 가득하다

꽃피기 전에

꽃피기 전에
시를 써야 할 텐데
큰일이다

지하도 고가도로 엉켜 흐르는
모래내 기찻길
돌자갈 사이
개나리 피면
허물어진 담장 너머
목련 불쑥 들이밀면
어떡하나

세상,
바람에 앞가슴 열고
하늘에 대지에 가장 가까이
다 와버리면
무어라 말을 건넬 것인가

마음도 준비하기 전에
시도 쓰기 전에

착각

황석영 님께

형을 면회할 때면
내가 형을 만나러 온 것인지
형이 저를 만나러 오신 것인지
자꾸 헷갈려 웃음이 나옵니다

오른손인지 왼손인지 힘을 주어 뻗다가
얼굴을 붉히고 느닷없이 껄껄껄 웃으며
예전 형님으로 돌아오는 모습
예나 지금이나 전혀 변하지 않았습니다

면회실 투명유리 구멍 사이로
지나간 5년 국가보안의 세월이
어수룩한 말과 함께 들락이고
마포 철길 옆 '정집'마담의 '만년필 하나' 구성진 노래
가락에
탁자를 두드려 흥을 돋우던
형의 웃음소리가
잔뜩 흐린 포일리 산 몇 번지에 걸려

넘어졌다 불뚝 일어서 달려옵니다

하얀 옷의 수인이 된 형은 여전한데
생선살튀김, 무말랭이, 조미멸치, 고추참치
김, 오징어젓, 봉다리 봉다리 사식을 차입하며
형의 건강을 비는 정 많은 사무국장 이승철 옆에서
나는 아무 말 생각이 안 나
그저 빙긋이 웃다 남태령 넘어옵니다.

해남에서
창작현장실습

마늘밭에 가득 찬 마늘들이
고개를 숙이고 눈을 흘긴다
목덜미가 노랗게 그슬렸다

시뻘건 황토
뒤집어져 밭두렁에 누워 있다

남도 햇빛 나던 날
김남주와 고정희 김준태와 김지하
그 성좌들의 시에 대해 말하려다
다만 창밖을 보라며
숨을 죽인다.

경복궁도 역이구나

팔순의 이기형 시인 시집 출판기념회를 마치고
집으로 돌아가는 지하철 입구
대화와 수서의 중간 경복궁역 앞에 선다
지하철 수사대 경복궁 출장소
그 옆 신문 가판대에선
프로야구 선수의 셧아웃 소식이 특호자로 터지고
한 철강회사 상징이던 멧돼지 대신
구속수감, 수뢰확인 등을 가득 채운 전광판
눈을 껌벅거리며 계속 속보를 토한다
35년, 36년 장기복역을 마치고 나온 장기수들
식은 뷔페를 들며 시인을 축하하던 풍경도 섞여 명멸
하는데
나는 한마디 반성도 없이
세상의 문물
돌아볼 틈도 없이
또다른 세상 앞에 당도하여 겁도 없이 올라탄다
옛날 왕이 있던 곳 景福宮

景福宮驛

담쟁이 1

담 아래서 담 위로
담 위에서 지붕으로
마침내 무한천공 위태롭게 놓아주며
손가락 흔들어 너는 웃는다
그 사이로 바람이
속옷 만난 바람이
머리를 흔들며 우우우 지나간다

여름
환한 대낮

담쟁이 2

담쟁이도 단풍드는구나
하얀 담벽 어딘가에 남은 물기 마시고
어린 순
모래 작은 틈에 손을 뻗으며
10월 가랑비
초로록 초로록 내리는 소리에 맞추어
담쟁이 단풍드는구나
알록달록 의연한 사랑
담쟁이
담벼락을 가고 있구나

떡살은 허리부터 익는다

은행잎이 녹아내린 길 위로
얼굴을 쭈그리며 리어카가 굴러간다
온 생애를 담아 끌고 가는 아저씨
양은그릇 위로 아이들 학비가 날고
위태로운 생계비가 덜그럭거린다

연탄불에 가래떡을 굽고 있는 아줌마
목장갑을 끼고 아이 이마를 짚듯
떡살의 허리께를 더듬는다
노릇해야 하리라
그 옆 알밤이 먼저 튄다

밥집 아줌마가 신문지로 덮은 육개장을 이고 간다
이마의 땀 얼굴에서 미끄러지다
들뜬 파운데이션에 걸렸다

모과 하나가 떨어진다

염병할 놈
안 살라믄 흥정이나 말지
모과는 눈을 흘겼지만 아직 모과다

숭례문 바스라진 잔디에
햇빛 몇개 그 육성을 웃는다

대추나무를 위하여

초등학교 일학년처럼 봄부터 이름표를 달고
대추나무 한그루 서 있다
그 위로 첫눈이 온다

사랑을 담아서 예쁘게 크기를 바라면서 기념식수를
합니다

가지인지 가시인지
삐삐 마른 몸이 아파트 둔중한 몸에 비해 애처롭다
게다가 아직 키가 작아
언제 이마 빤질한 대추를 가지에 거느릴지
하늘에 물어도
파랗다 아니 노랗다

하늘 아래로 첫눈이 온다

가지 끝에 걸린 눈은 웃으며 미끄러지고
그 아래로 박새의 깃털처럼 쌓이는 눈

네가 너를 사랑해서 빛나는 것도 아닌
그가 나를 사랑해서 빛나는 것도 아닌

찬란한
빛의 가시

그 옆 열 맞춰 도열한
파란 측백나무 어깨에서 화음소리 울리고.

대추나무 아래에서
권영진 교수님 회갑을 생각함

대추나무 아래에서
낮술을 하네

주차장 옆댕이 시멘트 끝
검불 같은 흙을 깔고 앉아
깡통맥주 마시네

하늘도 내려오고
양털구름도 내려와 기웃거리네

산말랭이 넘어와 아이 손에
헐렁한 금가락지 끼워주던 사람

법당에서 넘어지는 노승의 땀을
산수유에 걸어두고
득도 그 고달픈 풍경을 앓던 사람

바다를 불러다

순금을 캐보고
다시 빙하로 밀어넣던 사람

가끔 차 타고 다니지만
정녕 숨어 있는 사람

대추나무
싱겁다 하네
제대로 취하지 못하는
술꾼들을 혼내며
이파리를 비비네

깡통맥주로도 취하고
소주 한잔으로도 취하고

그 사람 웃네.

고아떤 뺑덕어멈
김소진에게

너를 추억하기엔 나 적당치 않다
무슨 술을 마시며 주사는 있었는지 없었는지
무슨 말을 잘하며 언제 심각한 표정을 짓는지도 모른다
하다못해 니 마누라도 난 잘 모른다

애비는 개홀레꾼이었다라고 간신히 말하고
어렵게 이 시대와 악수하던 너
고아떤 최옥분, 아니 고아떤 뺑덕어멈을
애비의 치부책에서 찾아내
이 땅 가장 깊숙한 여인으로 되살리던 너
자전거 도둑이 되어버린 아비를
어린 찔레순 맑은 물길로 싱싱하게 살려놓던 너
그러나 난 너에 대한 기억이 없다

한방병원, 핏기를 잃고 뼈에 달라붙은 살가죽
종아리를 누군가 쓰다듬으며
긴 한숨을 토할 때도 난 너를 본 적이 없다
가쁜 숨을 몰아쉬며

침대보를 가까스로 그러쥐면서
네가 그토록 누리고 싶었던 시간인 오늘에도
꽃은 피고 고아떤 뺑덕어멈은
한켠에서 굶고, 한켠에선 관광버스 차창으로
사공의 뱃노래를 띄우고 있다

허름하고 누추한 것들에게
영롱한 삶의 빛깔을 달아주며
이 땅의 심저 갱목 사이 막장에서 탄을 캐듯
사람의 진실을 캐내다가
죽탄에 덮인 광부처럼
너는 흙 속에 파묻혔구나

어설프게 사람을 만나느니
있는 시간 결 고운 언어나 만지다가
천명을 다하는 것이 오히려 합당하다고
너는 말하고 있는 것이냐
소진아

홍명희, 이문구, 김성동 등등 무수한
언어의 별들을 이어 네가 김소진이듯
서른네살 짧은 세월에 차마 도달치 못한
세상의 이름들을
그 영롱한 연꽃 이슬을
여기 남은 이들이 이어갈지니
잘 가라
고아떤 뺑덕어멈

제4부

가장 가벼운 웃음

겉으론 평평하지만
23.5도의 사선으로 비뚤어져 있는 대지에서
제대로 서 있다고 확신하는 인간들을
깨우쳐 중심을 잡아가기 위해
만물을 제대로 직립시키기 위해
우주가 일으키는 가벼운 지진

흔들리는 사랑을 위해
편두통약을 사먹으며
가까스로 이마를 짚어보는
만물들의 會通路

스스로 정지해 있다고 믿지만
시속 35킬로미터로 태양을 향해
공전하고 있다는 것을 깨우쳐주기 위해
태양이 일으키는 가벼운 압력

묻기만 한 소크라테스도

신의 아들 예수 그리스도도 도달치 못한
인간만의 성채

나쁜 바람은 진실을 드러낸다

20여년 만에 만난 친구가
깔깔거린다
머리털 다 얻다 뒀냐고

샴푸 관계로 어떻게 허다봉게 그리됐다고
약간 미안한 듯 얼버무린다

예전엔 그런 말이 대수롭지 않았는데
이제는 속이 뜨끔거린다
머리 빠진 모습이 인화된 사진을 본 뒤부터다

남들에게 못할 짓 많이 했다
흉한 것 참느라 얼마나 고생했을까

물론 그 뒤론 화장실에서
거울을 두 개나 들고
어떻게 위장이 안될까
좌측의 머리를 심하게 우측으로 빗질도 한다

아하 그런데 그놈의 바람이
그냥 놔둬야 말이지

집착

친구들은 내게 그까짓 가방
안 들면 어디가 덧나냐고 핀잔이다
10년 넘은 대학강사 취미활동이며
부족한 운동 어떻게 해볼까 하는
헬스 대용이라 웃어넘기지만
강의가 없는 날도 가방을 안 들면 외출할 수 없다
하다못해 책이라도 한권 쥐든지
프로야구 소식이 실린 스포츠신문이라도 들어야 안심
이다

늘 그렇다
식당에서 밥 먹을 때 벗긴, 수저 씌운 종이도 못 버리
고
입 닦은 냅킨도 돌돌 말려 주머니에 들어 있다
아카시아 꽃잎이 주머니 속에서 말라 있어 털어내기
도 한다
연필과 여러 색깔의 플러스펜 주소와 전화번호
더께로 쌓인 수첩도 5년

양복주머니는 그래서 개구리 먹은 물뱀이다

버릴 줄도 모르고
계통 세워 정리도 못하는
내 불혹의 未忘

게릴라성 호우가 내리는 날 참새 한마리가

자귀나무 가지에 앉았다가
감나무 밑으로 날아갔다가
소나타 지붕 위로 날아갔다가
주차장 스텐레스 철봉 위에 앉았다가
아파트 창 쪽으로 날아갔다가
자두나무 끝으로
측백나무 속으로
어지럽게 난다

나는 그토록 구박받으면서도
끊지 못한 담배 한대 피우고
베란다 안으로 쳐들어오는 빗방울
피하기 위해 문을 닫는다

혹시 그 녀석도
전셋돈 생각

78

옥잠화

나무상자에 채송화 붓꽃 옥잠화를 심고 꽃 앞에 코뺀
질이 가슴 앞에 이름을 새겨주던 선생님이 살던 집 언덕
엔 아파트 정문이 들어섰습니다

'앞에서 끌어주고 뒤에서 밀며' 한 소절만으로 우리는
졸업했고 타교로 전근한 선생님은 가끔 저희들 안부를
물으셨다 들었는데 선생님은 이제 세상에 안 계십니다

곰보책상 곁에서 물을 먹던 그 꽃들은 세상의 허술한
길가에 관상용으로 심어져 먼지를 쓰고 있습니다 옥잠
화 넓은 잎을 닦으시며 꽃이름을 세워주던 선생님은 이
제 달빛으로만 환합니다.

내 방엔 쓰레기통이 없다

버릴 것 추려 버리고
지닐 것 정돈하여 차곡차곡 쌓아둘 마음이 없다

누군가 내 방에 들어와 정돈을 하면
지저분하고 냄새나는 작자임을 금방 알겠지만
만원버스처럼, 빼곡한 지하철처럼
꼿꼿하게 서 있는 책들이 그 사람 일생의 사연이고
동전, 성냥갑, 붓펜은 물론 갓 나온 문학잡지, 고장난
전축
이 모두가 내 내력임을 어쩌랴

수북하게 쌓인 담배 재떨이는 내 폐부의 실상
답장을 미뤄둔 채 모아둔 연하엽서는 내 사랑의 채무

방에는 전기난로의 코발트선이 뜨겁게 달아올라
영원히 정리되지 않을 내 방과 내 생을 부끄럽게 한다
살이라도 지지고 싶을 만큼
부끄러운 이 정체

프리셀

컴퓨터를 켜면 나는 프리셀부터 클릭을 한다
새 게임만 클릭하면 화면에 카드가 차르륵 펼쳐진다
네 칸의 빈 공간을 무료로 이용하여
하트는 하트 스페이드는 스페이드로
클로바와 다이아도 순서를 어기지 않게
무늬와 숫자를 보아가며 열심히 짜맞춘다
가끔은 게임에 지곤 하지만
끈질기게 노력한 결과 승률이 70%에 육박한다
재수를 띄워본다며
담요 위에 화투를 늘어놓을 때처럼
온몸이 필요한 것이 아니라
검지손가락 힘만 있으면 된다는 것이 신기하고
잘못 갖다놓으면 안된다며
눈을 좌우로 옮기는 할아버지도 익살스럽다
게임에 이겼다고 다시 할 거냐고 묻는 컴퓨터에게
 내 인생도 이렇게 일사불란하게 풀릴 수는 없느냐고
물으며
 나는 컴퓨터를 켜고 프리셀을 한다

10월 늦장미가 핀 곳

영안실, 이제 땅을 밟을 일이 없는 사람 곁에 있다가
버스를 타고 10월 늦장미가 핀 곳을 지나네

텅 빈 아침 버스로 검붉은 꽃잎이 기웃거리네
여윈 코스모스 이파리 사이로 바람을 털어내네

내려야 할 정류장 한참 앞에 내려
들판으로 걸어가네

논두렁길과 눕혀진 들깻단 사이
나 발자국 포개네

실팍하게 익은 벼들 서로의 얼굴을 비비며
아침 햇살을 향해 고개 쭉 뽑아보네

몇쯤 세상에 없어도
암시랑토 않다고
장미가 예쁘잖더냐고.

춘천행 기차

비 내리는 토요일 청량리에서 춘천 가는 기차를 타고
신입생들이 말다툼한다

"첫사랑, 그거 힘든 거야"
"아냐, 웃긴 거야"

오티 가는 것일까 학생들이 만원이다
서너 명은 아예 화장실을 점령하고
담배를 피우며 차창을 본다

오렌지색 나트륨 등이
청년들의 이마로부터 급히 전신을 훑는다

아직 떠나지 않은 기차에서
첫사랑이 시작도 되기 전에

중년의 한 사내
덩달이로 웃는다.

잠도 없는 돈

철지난 잡지를 꺼냈다가
5년이 넘도록 정리하지 않은 책장을 정리하다가
특집으로 묶인 비평가 시인들의 글을 읽다가
책과 책 사이에 수북하게 쌓인 연체독촉장을 본다

3월, 6월, 9월, 12월 그런 달만 주의하면 됐던 밀린 이
자 납부의무가
IMF 이래 정신을 바짝 챙긴 은행원들에 의해
한달 만에도 과감하게 발송되는 연체독촉 고지서
——나도 왕년에 은행원이었고
대출 받을 때마다 사바사바를 잘했지——
낮에도 늘어나고 밤에도 늘어나는 이자가
하필 고매한 책들 앞에서 검문하듯 노려보는 것이 괘
씸해서
치우다 만 문학잡지를
우리말 갈래사전을 집어 꽉 눌러주었다

잡지에 눌린 이자 독촉장아

너도 쓴맛을 알 것이다
날짜를 지나버린 잡지가 눌러주는 압박감에
우리 가슴속 수많은 말들이 쏟아내는 소리에
너도 좀 당해봐라

나는 오늘 매우 보람찬 하루를 보낸 것이렷다

제5부

'95 태평천하 1
벙어리도 '우우' 말할 줄 안다

　면상의 계란부침 한 장으로 쇠파이프에 맞아 죽은 젊은 청년을 깔고 뭉갠 사람이 서울시장 후보로 나왔다는 얘기를 하면서 너는 괜히 고개를 숙였어. 익지 않은 풋콩이 풀물 속에 콩을 품듯 가슴에 있는 얘기 감춰두고 있는 우리들이 어색했던 것이지. 그렇지만 할말이 없었던 게 아냐. 비닐우산도 준비하지 않은 내게 하늘이라는 천장에서 비가 새는 것은 방송국과 신문의 일기예보를 무참하게 만든 일이라는 것, 하기사 그 얘기보다는 '기왕전' 해설을 쓴 이광구 기자가 기왕 타이틀을 두꺼비처럼 삼킨 이창호가 티베트의 고원을 걸어가는 라마승 같다는, 그러나 전철 타고 집에 갔다는 말이 더 흥미있다고 얘기하고 싶었는지도 몰라.
　이런 판에 경기미 20kg 한 포대가 36,000원이면 어떻고 32,000원이면 어때. 성수대교가 무너진 사건은 구석기시대 얘기이고 대구 지하철 폭발사건은 신석기시대 그럼 서해 페리호 사건은 어디쯤이지. 횡설수설 말라고. 아니야 나는 지금 진지하게 말하고 있어 어쨌든 대세에는 지장 없잖아. 성당이 침탈되고 몇년 만에 시국미사가

다시 시작됐다고. 절도 그랬다고. 홍분하지 마 다시 가
봐. 멀쩡해. 한두번 들락거렸다고 무슨 표시가 있다는
거야. 배 타봤잖아. 선거하는 날 그날이 임시 공휴일이
니 어디 가까운 유원지라도 가볼까 해. 차야 밀리지만 밀
려 도로 위에 머무는 것도 문화야 즐길 줄 알아야 한다니
까. 그나저나 내일 아침 일곱시에 일어나 테니스 쳐야 하
는데 알람 기능이 고장난 시계 땜에 걱정은 걱정이야.

'95 태평천하 2
한탄강 속으로

**사랑하는 내아들 보고십흔 내아들 외국으로 떠난지 87
년에 떠났으니 8년세월 다되도록 소식 한장 없소…… 전
화 한통이라도 잇슬까 하여 기다리고 보니 어미는 70고개
를 넘었구나 모든게 어미 탓이다……**

여보세요, 예 저예요, 오기 어렵겄지 오지 마라 나도
설사병이 나서 죽겄지만 니가 바쁘고 또 서울 올라갈 생
각허믄 꺽정스러서 하이코…… 그렇잖아도 전화헐라고
혔다 오지 말라고, 그래서 전화했는데요 애들 데리고는
못 갈 것 같고 나 혼자라도 갈 수 있으면 갈라고요, 느
그 아버지도 이번 추석엔 못 올 것 같다고 허니까 아무
말 않더라만…… 전화쌌 많이 나온다 인자 들어가라,
아니 괜찮아요, 알었어 빨리 들어가

**어디 가 살든지 몸건(강)하여라. 아들 하나 밋고…… 살
었는데***

말을 마친 할머니는 한탄강에 물 마시러 뛰어들었고

전화를 마친 그는 그날도 그린파크로 가서 맥주를 마시다가 기다리던 여자가 오지 않아 '나 허름하게 돌아간다 널 만나지 못한 날은 왜 이리 누추한지' '추석날 만날 수 있을지' 메모를 적어 알림판에 압정을 꽂아 고정시키고 그 밤 속으로 맥주거품 덮고 잠자러 갔다.

* 한탄강에서 자살한 할머니의 유서 부분

'95 태평천하 3

성수대교 무너진 자리에 서른한 송이 국화꽃이 툭툭 던져지고 전직 대통령이 꼬불쳐둔 돈 때문에 쩔쩔매다가 도리어 내가 축구공이냐 화를 내지만 그래서 도대체 어쨌단 말이냐.

그는 오늘도 5시 30분에 일어나 세수를 하고 아침방송을 진행하기 위해 옷을 갈아입는다. 양말이 없다. 아이놈 양말을 대충 신고 방송국을 향해 택시를 탄다. '어젯밤 노래방까진 안 가야 하는 건데'

벌써 10월입니다. 아침에 차를 타고 오다 보니 길가에 단풍이 들었더군요. 엊그제 비가 왔으니 은행나무도 노오랗게 물들고 마침내 길바닥에 툭툭 떨어지겠지요. 쓸다 지친 환경미화원은 빗자루를 거꾸로 들고 은행나무 가지를 후려칠 텐데 애청자 여러분 이런 풍경은 좀 안쓰럽지 않습니까.

'오프닝 멘트'가 그럴싸하게 풀리자 마치 금방 발견한 도둑놈을 향해 소리치듯 전직 대통령이란 직함을 붙이기도 난감한 오늘의 못난 노태우 사태 이것은 해방 50년 정치의 붕괴요 믿음의 붕괴입니다. 운운하며 적당히 목소리를 높여 떠들다가 자 비자금 비자금 세상이 시끄러운데 오늘 비가 올지 어떨지 기상청으로 오늘의 날씨 알아보러 갑니다. 매끄럽게 세상의 진실을 바꿔치기한 뒤 오늘 하루 성실하게 삽시다. 그 돈 깔아도 서울에서 목포까지 몇번 왔다갔다 한다지만 우리는 오늘도 버스를 타고 사건·사고·정체 가득한 길을 따라 우리의 인생을 향해 가지요. 떠들다가 크로싱 음악에 사지가 쫙 풀린다.

아 오늘 무슨 일을 해야 하드라 그렇지 평화를 지키기 위하여, 교란한 신용사회 커버하기 위하여 신용카드 연체금 해결해야지 신참 MC인 그는 은행으로 가는 길에 평화로운 마을이 그려진 즉석 체육복권 한장 조심스레 손톱으로 긁어 나래비 선 동그라미 한줄 확인, 500원이 당첨되자 가을은 역시 결실의 계절이라며 택시! V字를 그려 길거리로 달려나간다.

늘 사라지는 소설

옥수숫대 옆구리에서 잘 여문 놈을 뜯어 평상 위에 쌓아두고 껍데기와 수염을 뜯으며 아버지는 늘 쓰다 마는 소설을 쓴다. 머슴살이 몇 년 쥐구멍 속 나락처럼 새경을 모아 고라실 논을 사고 어우리 짓던 쿤양반의 식모와 눈이 맞아 찬물 한 대접에 맞절로 시작된 하꼬방 살림. 한겨울 꽁꽁 언 불알을 손으로 부비며 넘의 집 똥지게를 지면서 징용 갔다 돌아온 형님 장가 밑천 댄 얘기…… 종횡무진 왔다갔다 하는 이야기 사이로 모기는 종아리를 물어뜯는다.

아버지는 부채로 두어 번 때린 뒤 모깃불 속에 이야기를 다시 쓴다. 거머리가 시커멓게 붙어도 못줄을 놓치지 않으려고 손톱 빠지도록 모심던 얘기, 등짐 지다 지게발이 부러져 거꾸러진 얘기, 물 대다 홧병으로 나자빠져 공동산에 묻힌 아저씨 이야기, 농약 주다 거품 물고 쓰러졌을 때 논둑에 심은 고춧모에 주렁주렁 달린 고추가 먼저 보이던 얘기. 그러다가 갑자기 현실의 새끼들 살림살이로 돌아와 느그들 정신차려라 한마디쯤 하실 때 이미 씌어진 이야기들은 교정부호도 없이 하늘의 별을 향

94

해 쏜살같이 달려간다. 텃밭 옥수숫대 옆구리에선 옥수수 몸을 뒤틀며 익어가고.

자본주의 건강상식

수세미 같은 머릿속, 빛빛빛 칼침처럼 세포를 들쑤시
는데 나는 오늘도 을지로 입구 전철역에서 하차 아시아
나 항공 쪽으로 간다 아가리 같은 전철 입구에는 막고
품어 고기 잡던 시절 발 앞에 오글거리던 붕어새끼처럼
아줌마들 뭉쳐 전단지를 건넨다

싼% 친절하게 즉시 대출 MISS김에게 일단 전화 주세
요 급한 돈 신용카드로 해결하세요 손목의 힘을 이용해
'까딱' 인사하는 전단을 받아들고 10미터 20미터 앞으로
가다 쓰레기통에 처박는다

목발을 옆에 팽개친 채 사생결단으로 벌떡거리면서
앉은뱅이 청년은 하늘을 향해 손가락을 처박고 내 가슴
을 향해서도 손가락질을 한다 도오! 도오오! 100원짜
리 껌종이가 뻔뻔하다 신탁은행 지나 중앙우체국 지하
도 아가리에 다시 아줌마들, 지겨워 외면하고 걷는데
카드 대출 안내장이 아닌 건강상식 10계명이 적힌 전
단을 준다

막히면 멈추거나 돌아간다

마음에 없는 체면치레는 과감히 버린다

지나치게 잘 하려고 애쓰지 않는다

구구절절 옳은 말씀 그러나 뒷장으로 넘자마자 쓰레
기통에 처박혔던 고딕글자 다시 쳐들어온다 급한 돈 신
용카드로 싼% 즉시 대출

돈이야말로 천하명약, 최고의 건강비결임을 가르치는
출근길 하, 많은 성녀들.

和音

졸업했으면 학교에 나오지 말아야지 선배들이 출근하듯 학교에 들어와 학생회를 배후조종하는 것이 옳은 일인가. 이번의 연합집회도 원천봉쇄하지 않으면 안된다. 어지간하면 큰일이 벌어지지 않는 선에서 허락해볼 수도 있는 것은 아닌가, 그렇게 애매한 태도를 취하는 것이 오늘의 사태로 이어지게 된 근원적인 이유다. 다시는 선배들과 연계해서는 안된다는 것을 이번 기회에 확실히 보여주어야 한다. 그것이 올바른 교육의 태도다. 한동안 이야기가 오가다가 우리 중년의 교수단은 집회를 강경진압하기로 결의하고 언덕을 올라갔다. 학생들이 심하게 나오면 어떡하냐고 젊은 교수들이 앞장을 서는 것이 좋겠다고 화창한 봄 햇살 속을 가던 그때 '금강산 찾아가자 일만 이천봉' 초등학교 교실의 창 너머로 아름다운 화음이 백목련 꽃잎을 밀어냈고 언덕 위의 하늘이 절벽처럼 솟아올라 '볼수록 아름답고' 찬란하였다.

소격동에서

경복궁 옆 옛날 수도통합병원 철망 사이 넝쿨장미 목
내밀고 무더기로 피어 나를 쳐다봅니다. 이십년이 지났
어도 여전합니다. 거기 길가 걸어가다 선홍빛 장미넝쿨
에 눈이 부시고 가슴이 답답하여 담장에 등을 대고 숨을
몰아쉬던 은행원 시절을 생각합니다. 도루묵 몇마리와
새우 넣은 계란찜을 들고 문을 열던 하숙집 할머니. 밥
상을 책상 삼아 형광램프 아래 톨스토이 인생독본을 읽
으며 인생은 성실한 자의 것이라는 말에 밑줄을 긋고 가
슴 벅차던 날들.

이제 마흔살, 대책 없는 내일 앞에 우두커니 서서 몇
올 남은 머리카락 손에 쥐며 체면 차릴 궁리나 하다가
넝쿨장미 앞에서 다시 가슴이 더워집니다.

가시에 찔려도 피는 안 나올 것 같습니다.

연변일기
동북해방기념탑

'일본 침략자들을 몰아내는 전투에서 영용히 싸워 이 긴 붉은 군대 장병들이여 영광이 있으라'는 소련어가 새 겨진 도문시 동북해방기념탑을 나는 탑돌이를 하듯 돌고 있다 81년 연변 조선족 자치주 인민정부에서 기념하기 위해 세웠다는 탑은 낡아 속에 감춰둔 벽돌을 보이고 있다. 지난 밤의 숙취 너머로 '도문공전국' '통일노래방' 등등의 간판은 개방 중국을 향하여 달리고 있다 나는 오거리 한쪽 길가를 걸으며 현대舞 강습반 '공고문'을 읽는다

젊음을 유감없이 발휘할 수 있는 JJ강습반에 들어서면 일상의 틀을 벗고 자유를 맛보는 것입니다 마음을 열고 와보세요 젊음을 발산할 수 있는 인테리어 되어 있는 이 곳은 다양한 엉거주춤행사로 신세대들의 춤자랑 공간으로 되어 있습니다 20일부터 상학합니다

舞舞舞 고딕글자의 광고문이 춤을 추며 커져가고 나는 해방과 춤 그리고 중국 자본주의의 아득한 거리를 재느

라 개학도 하지 않은 제이제이 강습반에 들어선 기분이
었고 전날 먹은 메추리구이와 뱀술이, 각종 튀김과 구이
가 다시 난전을 이루는 것을 보았다.

모래내 길백화점을 지나며

연대에서 성산대교로 빠지는 '사천고가도로'가 세검정 쪽으로 달려가는 '내부순환도로'를 활처럼 내려다보고 있다 그 길 옆구리의 국도는 수색이나 일산의 사람들을 도심으로 무심하게 실어나르고 그 곁엔 잠이 덜 깬 채 부산이나 목포 저 먼 남쪽을 향해 떠나는 복선의 기찻길 이 완강하게 누워 있다

사천교(沙川橋) 밑엔 천변도로를 달리는 차들이 나싱 개나 쑥을 찾아 머리 숙인 여인들을 흘끔거리고 그 길 아래에는 지하철이…… 길백화점, 사람들이 다닐 수 있 는 모든 길을 모아놓고 벌이는 길들의 종합전시장. 그 곁에 마른 홍제천이 복부를 내놓은 채 뒤집어져 있고 상 공을 지났던 우주정거장 미르호는 태평양에 안착했다.

어디든 길이 있고 옛길과 현대식 길들이 겹치고 엉켜 널려 있지만 나에겐 온통 길이 없다 포장마차는 몸을 로 프로 칭칭 감고 서 있다 술꾼들에게 늦게까지 오뎅국물 을 뎁혀주느라 속이 쪼그라진 것일까 봄마중 먼저 나갔

던 개나리 가지가 분질러져 나뒹굴고 차량들은 저마다 등을 켜고 앞만 보고 씩씩대며 도열해 있다.

臟物

"5월에 날아든 의료보험 고지서를 받아보고 깜짝 놀라 강사료 증빙서류를 첨부해 조합으로 달려갔다. 6개월마다 발급되는 것이라 올해 것은 뗄 수가 없어 작년 것을 가지고 갔다. 미국 이민 가신 아버지 어머님 덕분으로 근 10년째 강사를 하며 겨우 박사과정을 수료한 남편은 친구들에게 얼굴을 들 수 없을 정도로 신세를 지며 생활을 해왔다. 16,200원의 고지금액은 납부하기 힘들다. 그래서 내 사정을 설명하고 조정신청을 하려고 갔던 것인데 담당하는 과장께서는 한쪽 다리를 의자 팔걸이에 걸친 채 찾아간 이유를 다 듣고서도 한참을 세워 두었다. 마치 직장상사에게 훈계받는 기분이었고 위압적인 말투와 행동에 주눅이 들어서인지 얼굴이 빨갛게 되며 눈물이 줄줄 흘렀다. 마포구가 부촌이며 평균적인 보험료가 14,600원이라는 둥 나와는 상관없는 말만 하며 낼 수준이 안되면 마포구에 살지 말라는 투로 얘기하며 자신에게 시비 걸려고 왔느냐고 도리어 화를 냈다……"

일년 반도 전의 어느날, 분해 죽겠다고, 어떻게 해보

라고, 초를 잡았으니 고쳐서 신문에 투고해 혼내주라는 아내의 신문 독자투고 시안을 들고 얼굴 벌게져서 장물처럼 황급히 감춰두었는데 낡은 책을 뒤적이다 그것을 발견하고 고쳐야 할 것은 독자투고 시안이 아니라 내 인생이라는 생각에 창밖 매미소리만 듣는다.

아메리카 타운 15

본관 휘하의 전승군은 일본 천황정부 및 대본영의 명에 따라 서명된 항복문서상의 지역을 점령한다…… 본관은 본관에게 부여된 미국 태평양 방면 육군 총사령관의 권한을 가지고 북위 38도선 이남의 주민에 대해 군사정치를 선언한다. 주민은 본관 및 본관의 권한 아래에서 발표된 명령에 즉각 복종하여야 하며, '점령군'에 대한 모든 반항행위 또는 공공안녕을 교란하는 자는 용서없이 엄벌에 처할 것이며, 영어를 공용어로 한다.
(포고문 제1호, 1945. 9. 7)

한국을 점령한 점령군에 대한 적대행위를 감행한 자에 대해서는
점령군의 군법회의에서 유죄를 판결할 것이며, 군법회의의 규정에 따라 사형 또는 그밖의 형벌에 처할 것이다.
(포고문 제2호. 1945. 9. 11)

미국놈들 물러가라

근본적으로 싫다

IMF가 뭐냐. 우리가 잘못한 게 뭐 있어.

결국 우리가 이 대명천지에 식민지란 말이냐?

등등 이상한 소리를 외치는 자는 사형 또는 유사한 벌을 내린다

이런 말이 필요하지 않다는 것을 본 포고문이 밝히고 있는 바

제군들은 똑똑한 사람들이므로 '알아서 기도록'

첨언

1. 勝者勝

2. 포고령이 한참 지났으니 위반하여볼까 하고 생각하는 자는 생각까지 처벌함.

3. 아침이면 밥을 먹는 일이다라고 몸에 완전히 익혀둘 것. 이상.

아버님의 사랑말씀 6

너 이놈으 자식 앉아봐 아버지는 방바닥을 손바닥으로 내려치면서 말씀하셨습니다 내가 여그도 못살고 저그도 못살고 오막살이 이 찌그러진 집 한칸 지니고 사는디 넘으 집 칙간 청소하고 돈 십오만원 받아각고 사는디 뭐 집을 잽혀야 쓰겄다고 아나 여기 있다 문서허고 도장 있응게 니 맘대로 혀봐라 이 순 싸가지없는 새꺄 아 내가 언제 너더러 용돈 한푼 달라고 혔냐 돈을 꿔달라고 혔냐 그저 몇날 안 남은 거 숨이나 깔딱깔딱 쉬고 사는디 왜 날 못살게 구느냐 말여 왜! 왜! 왜! 아버지 지가 오죽허면 그러겄습니까 이번만 어떻게…… 뭐 오죽하면 그러겄냐고 아 그렇게 여기 있단 말여 니 맘대로 삶아먹든지 고아먹든지 허란 말여 에라 이 순……

그날 은행에 가서 손도장을 눌러 본인확인란을 채우고 돌아오는 길에 말씀하셨습니다. 아침에 막걸리 한잔 먹고 헌 말은 잊어버려라 너도 알다시피 나도 애상바쳐 죽겄다 니가 어떻게 돈을 좀 애껴 쓰고 무서운 줄 알라고 헌 소링게……

겨우 존재하는 것들의 웃음소리

이영진

아주 오랫동안의 사랑은 아주 낡은 혼돈일까? 흘러가 버린 시간이 어느 곳엔가 쌓여 있다면 사람들 사이엔 모두 깊은 심연이 하나씩 가로놓여 있을 것이다. 5·18 이후 그와 함께 보낸 이십여 년의 시간이 오히려 그를 '선명하게' 진술하는 데 장애가 되고 있다. 그럭저럭 만나온 것이 아니라 거의 날마다 만나오다시피 했으니 함께 공유한 시간의 밀도로 보면 족히 그 배는 넘는다고 해도 큰 과장은 아닐 터인데 그를 잘 안다고 말하기가 어렵다니 참 민망한 일이다. 그는 나를 잘 알고 나는 그를 잘 알지만 그것은 정말 어처구니없는 오해일 수 있다. 나는 '내가 잘 아는 강형철'을 알고 있었을 뿐 강형철이 세계를 감지해가는 은밀한 촉수가 어떤 것인지를 쉽게 떠올릴 수 없다는 걸 알았다.──주민등록상에 등재된 간단한 사실과 함께 겪은 일련의 일상적 경험들만으로 그를 안다고 철썩같이 믿어오다니! 모든 절친한 것들에 대한 오류는 이렇게 이루어지는 것인가.

지난 여름 학생들과 안면도 엠티를 가다가 서해안고속도로 행당도 휴게소에서 그와 나는 이십년 동안 둘이 '함께' 찍은 사진이 한장도 없다는 걸 '발견'했다. 나는 아찔한 느낌이 들었다. 익숙하고 친근하다는 이유로 한번도 제대로 바로보지 못한 것이 어디 사진 한장뿐일까? 그가 고소하고 차지게 부르는 뽕짝이나 촌철살인의 즐거운 농담을 그저 곁에서 공짜로 소비하면서 정작 그것이 은폐하고 있는 실체를 편견없이 똑바로 보지 못했던 것은 아닐까? 적잖이 당혹스러운 순간이었다.

나는 이미 오래 전부터 그가 세상과 '관계' 맺는 방식을 알고 있었다. 그는 자신과 다른 것들의 '차이'를 '견뎌'내는 데 탁월한 능력을 발휘해왔다. 자신과 다른 것들에 대해 공격하거나 저항하는 대신 전혀 내색하지 않고 기다린다. 1년이 걸리든 2년이 걸리든 끝내 그 다름과 소통하고야 만다. 모든 다양성을 다 인정하고 나면 적이란 존재할 수 없는 것이지만 그 또한 강형철에게는 도식적인 이야기일 뿐이다. 그는 "영원한 맑시스트"란 놀림에도 전혀 동요하지 않고 공동체에 대한 가치와 희망을 놓아본 적이 없다. 통일이니 민족이니 민주니 하는 고전적인 테제들이 그에게 가면 조금치도 이상하지 않은 '일상적 현실'로 환원되어 있다. 그럼에도 그에게서 경직성을 찾기란 불가능한 일이다.

'이쁘다'는 말을 입에 달고 사는 강형철은 어떤 까다로운 사람도 한순간에 무장해제시킬 만큼 비전투적인 웃음과 생래적인 부드러움을 소유하고 있다. '권력에의 의지' 운운하는 니체류의 접근은 원천봉쇄되어 있는 셈이다. 그가 사람과 사물에 대해서 갖는 관심은 예외없이 호의와 선의로 가득 차 있다. 극단적인 충돌이나 비난은 잘 표현되지 않는데 이는 그가 '사람을 견뎌내는 힘'이 얼마나 큰가를 보여주는 일일 뿐이다.

그가 있는 자리는 늘 따뜻하고 자잘한 웃음소리가 끊이지 않는다. 그가 숨차게 견디고 있는 끔찍한 경제(?)를 너무나 잘 알고 있는 나로서는 그의 이런 낙관주의가 어디서 연유하는지 늘 놀랍기만 하다. 그의 압도적인 신명과 여흥, 지나친 겸손 그리고 인간적 미덕은 작품에도 고스란히 관철되곤 하는데 이러한 특성은 주로 자잘한 삶의 에피소드를 껴안는 힘으로 나타난다. 그러나 사물들이 간신히 형태를 이루는 것만 해도 그 자체가 기쁨이자 기적이라고 생각하는 강형철의 '익명이되 신명으로 가득 찬 작은 세계'는 널리 공유되지 않았다. '집단'과 '개인'으로 절대화된 8, 90년대의 도식적인 분할방식 속에서 그의 세상에 대한 애련(愛戀)은 제대로 이해되지 못했다. 자아 과잉이거나 의미 과잉의 미학적 질서가 압도하는 현실 속에서 오히려 지나치게 사적인 범주로 굴절하는 자아를 지워내고 무겁고 과장된 의미들을 덜어냄으로써 구체적인 삶의 자리를 확보하려고 했던 그의 전략은 양쪽 모두로부터 크게 환영받기 어려운 것이었다. 두 편의 연작으로 이루어진 '도림천'은 그만이 지닌 독특한 개성이 어떤 것인지를 잘 드러낸다.

개숫물 짤짤 흐르는 도림천 바닥에
쑥갓 줄기 몇개에 붙잡힌 콘크리트 기둥아
　　　　　　　　　　　　　—「다시 도림천변에서」 부분

그의 시선이 자주 포착하는 지점은 정말 하찮은 곳이다. 개숫물이 "짤짤" 흐르는 도림천 바닥과 같은 곳이 바로 그런 공간 중의 하나다. 그가 포착한 공간에는 거의 예외없이 여린 식물들이 등장하는데 이 식물과 꽃들은 모두 사람의 삶과 가까운 곳에서 희로애락을 나누는 존재들로 어김없이 인격을 부여받는다. 그는 풍경에게 말을 걸고 그 속의 사물들과 함께 논다. 도림천변 위로 지나가는 전철들을 떠받치고 있는 기둥을 체포하고 있는 것은 겨우 쑥갓 몇 줄기다. 큰 씨름선수 옆에 서 있는 풀잎같이 작은 여인이 저절로 떠오른다. 그들의 관계는 희극적이며 사소하지만 가난한 도시 변두리의 구조를 완벽하게 재현한다. 그가 연출하는 이 작은 소극(笑劇)에서 기둥은 "움푹 패인 웅덩이"의 "밭은 입술"에게 위로를 받는가 하면 아무리 개숫물이 짤짤 흘러도 "복개되지 않은 곳에 드러난 그 막막한 공백"이 "차라리 충만하다고" 부러워한다. 위로받고 위로할 처지도 못되는 힘겨운 것들이 서로 등을 토

닥이는 소리를 화자는 허니도 놓치지 않는다.

강형철의 이런 인식은 화려한 자본주의 사회에서 소비로부터는 철저히 소외되어 있으나 삶의 기저에 불변하는 가치로 숨쉬고 있는 것들에 대한 애정과 연대감으로 발전한다. 자본주의의 소비를 위한 효용가치에 체포되지 않고 세계의 중심으로부터 일탈하지 않은 것들에 대한 남다른 애정은 그가 사물을 '발견'해가는 원천적인 동력이 되고 있다. 크고 빠르고 뛰어난 것들에 대한 지향보다 작고 느리고 못난 것들이 이루는 세계의 아름다움과 눈물겨움을 향하고 있는 그의 시들은 그래서인지 언제나 웃는 듯 비애롭다.

"매섭게 몰아치는 눈보라의 사랑 아니라/개운하게 쏟아지는 장대비 사랑 아니라/야트막한 산등성이/여린 풀잎을 적시며 내리는 이슬비/온 마음을 휘감되 아무것도 휘감은 적 없는//사랑 하나 갖고 싶었"다고 노래한 「야트막한 사랑」은 그의 삶이 지향하는 바를 명료하게 제시한다. 하지만 물신화된 세계의 거대한 구조를 애정과 연대감만으로 통과할 수가 있을까? 그는 불가항력처럼 보이는 이 비속한 세계를 뚫고 가기 위해 '웃음'이라는 무기를 준비한다.

그는 흰머리가 늘어갈수록 하회탈을 닮아간다. 눈꼬리가 아래로 흘러내린 하회탈의 웃음은 너무나 자연스러워서 저절로 동화될 것 같은 친근감이 든다. 그러나 하회탈을 가만히 들여다보고 있으면 크고 어눌하게 벌린 입과

귀밑까지 흘러내린 눈의 곡선이 웃음의 극점에 도달해가고 있는 것이 아니라 설움의 절정을 스쳐 지나가는 중이라는 걸 깨닫게 된다. 웃음과 비애가 절묘하게 교차하는 이 얼굴은 회열과 슬픔으로 대비되는 두 특성이 서로 뒤섞여 있는 것이 아니라 한 형상 속에 두 성격이 동시에 구현되는 신비를 보여준다. 탈을 뒤집어쓴 자의 슬픔을 웃음으로 발효시키면서도 동시에 비애를 구현하는 힘은 마땅히 해학과 풍자를 향해 길을 튼다. 혁명의 폭력성과 강인한 의지가 필연적으로 외양적 구조로 이어진다면 풍자와 해학은 폭력적인 구조 이전의 일상적 진실로 삶을 환원시키는 미묘한 해방감을 준다. 모순을 해결하는 물리적 충돌이 아니라 모순을 있는 그 자리에서 무화(無化)시켜버리는 힘이 바로 풍자의 한 측면을 이룬다.

하회탈은 '요지부동'의 현실과 대응하는 강력한 자아를 겉으로 드러내지 않을 뿐만 아니라 얼핏 소시민의 용렬한 얼굴에 드러난 뒤틀린 표정으로 웃음을 만들어낸다. 하회탈의 주체는 익명의 존재방식을 지니고 있어 누구이면서 누구도 아닌 다면성을 이룬다. 주체와 객체의 동시적 발현, 이것이 해학과 풍자가 세계와 관계 맺는 근원적인 방법이다. 강형철이 지어 보이는 표정과 삶의 동작들은 하회탈과 같이 근대적 자의식만으로는 다 드러낼 수 없는 평범한 것들의 깊이와 존재방식을 함축하고 있다. 삶의 동작과 일치하는 것이 진정성을 지닌 언어라고 한다면 그의 언어들은 우리가 구성하는 일상의 비의(秘意)에 가장 근접해 있는 것인지노 모른나.

　넘으 집 칙간 청소하고 돈 십오만원 받아각고 사는디
뭐 집을 잽혀야 쓰겄다고 아나 여기 있다 문서허고 도
장 있응게 니 맘대로 혀봐라 이 순 싸가지없는 새꺄. 아
내가 언제 너더러 용돈 한푼 달라고 혔냐 돈을 뀌달라
고 혔냐 그저 몇날 안 남은 거 숨이나 깔딱깔딱 쉬고 사
는디 왜 날 못살게 구느냔 말여 왜! 왜! 왜! 아버지 지
가 오죽허면 그러겄습니까 이번만 어떻게……

　「아버지의 사랑말씀 6」은 그의 풍자가 얼마나 '생활 그
자체의 딜레마'와 깊이 관련되어 있는지를 보여준다. 가
난한 아버지와 아들이 은행대출을 둘러싸고 펼치는 심각
한 대치는 당사자들에게는 참으로 기막힌 상황이겠지만
읽는 사람들에겐 웃음과 안타까움 그리고 따뜻한 비애를
동시에 경험하게 한다. 이 시 속에 등장하는 아버지와 아
들은 결국 은행에 가서 손도장을 찍고 화해한다. 아버지
는 아들에게 "아침에 막걸리 한잔 먹고 헌 말은 잊어버려
라"라고 달랜다. 이 에피소드에는 끝까지 화자의 감정이
드러나지 않는다. 불쌍하게 살아가는 아버지에게 가서 사
정하는 아들의 절박함을 통해 돈에 시달리는 서민들의 울
수조차 없는 자본주의적 일상이 드러난다. 그것은 고달프
고 비정한 현실에 대한 풍자이면서 무능한 화자 자신에
대한 풍자이기도 하다.

그러나 이 풍자는 끝까지 전면적인 대결로 치달리지 않고 화해함으로써 내용이 지닌 각박함을 따뜻하게 구원한다. 이것은 강형철의 풍자가 지닌 장점이자 단점이라 할 수 있다. 풍자가 날카로움을 잃는 대신 웃음의 여백을 얻어내기 때문이다. 강형철은 지나치게 심각해짐으로써 자의식을 드러내게 되는 것을 경계하는 것 같다. 자본주의라는 개념어가 직접 출현하는 「덕담」이나 「자본주의 건강상식」 역시 '웃음'을 유발하는 경쾌한 풍자로 가득 차 있다.

이제 체면도 없다
새해 첫날 서슴없는 인사말로 당당하다

새해에는 건강하시고
부우자 되시고

말하는 나도, 듣는 사람 그 누구도 모두 웃고 대답한다

부자 되라고

—「덕담」 부분

모 카드회사의 광고문구인 "부우자 되세요"는 이제 유행어가 되어버렸다. 유행어 정도가 아니라 세계를 시장질서로 재편한 신자유주의가 달콤하고 공공연하게 속삭이는 시대적인 메시지가 된 것이다. "부를 창출하는 것은

활동수체들의 의무이자 권리이고 책임"이라고 외쳐대는 이 신종 이데올로기는 인간의 모든 행위와 동기를 '이윤 추구'로 규정해버린다. 강형철은 이런 속물화된 세계가 얼마나 허구에 가득 찬 것이며 뻔뻔스런 것인지를 통렬하게 풍자한다. 왜 부자 되라는 덕담이 그에겐 치욕스런 '뻔 뻔함'이 되어버리는 것일까.

마샬 살린즈(Marshall Sahlins)는 자본주의 경쟁에서 탈락하는 사람들이 처해질 운명에 대해 예언한 바 있다. 그는 "빈곤이란 필수적인 물품과 서비스의 결핍뿐만 아니라 가치 있는 삶을 선택할 기회의 결핍까지도 의미한다"고 지적하고 있다. 자본주의의 무한경쟁은 다수의 가난뱅이들을 양산할 수밖에 없는데 우리는 아무렇지도 않게 부자 되라는 덕담을 주고받는다.

이런 덕담을 "전화기에 메모로도 남기고/휴대폰의 녹음기에도" 남긴다. 강형철은 부의 축적과 소위 발전이라는 현상이 얼마나 불평등하고 비대칭적인 과정인지를 정확히 꿰뚫고 있다. 강형철은 우리 사회의 '잘난 속물'(Snob Elite)들이 얼마나 부도덕하게 부를 축적해가는지를 놓치지 않는다. 부우자 되시라는 광고는 "복권 주식 채권 호박 건어물 컴퓨터 어떤 것이든 사서 대박 터뜨리라고/개발예정지 미리 사서 튀겨지라고 재개발아파트 사서 몇 배로 튀어오르라고" 속삭이는 말이자 이미 그렇게 해서 치부한 자들의 신화를 정당화하는 최면이 되고 있음을 풍자하고 있는 것이다. 그는 그런 부가 결코 가치 있는 것을 추구하는 사람들의 자유를 실질적으로 개선하는 힘이 아님을 확신하고 있는 것이다. 강형철은 단선적인 부에 대한 신화가 삶의 불확실성을 확대할 뿐만 아니라 불안과 엔트로피(Entropy)를 감소시킬 수도 없다고 믿고 있으며 이런 구조적인 현상을 삶과 언어가 피해가서도 안된다고 생각하는 것이다. 이것은 지겹게 반복되는 속물들의 상투적인 세계이므로 세련된 탈근대적 자아가 개입할 만한 예술적 영역이 아니라고 한다면 우리의 모국어는 당대적 현실 밖으로 '초월'을 꿈꾸거나 자폐적인 개인의 음울한 욕망으로 회귀하는 수밖에 없을 것이다.

강형철은 자본주의식 풍속어를 자본주의에게 정중히 반납한다. "자본주의여/이제 부자되셔서/차암 좋 컷 소". 냉소와 조롱을 넘어 자기다운 자존을 지켜가는 자들의 오기가 단단히 배어나온다. 「자본주의 건강상식」에서도 그의 풍자는 조금도 누구러지지 않는다. 출근길 지하도 입구에서 전단지를 돌리는 사채시장 아줌마들에게서 그는 "성녀"를 읽어낸다. "돈이야말로 천하명약, 최고의 건강 비결임을 가르치는 출근길 하, 많은 성녀들"——그는 이런 속물화된 자본의 구조에 노출된 자신의 딜레마를 눈물겹게 고백하기도 한다.

10년 전에 중단한 일기장에
오늘 일기를 계속하여 써도 전혀 어색지 않구나
강산도 변하고 만나는 사람도 바뀌어야 옳을 텐데

세월을 뒤집어놓으면 똑같은 모래시계
아이 둘과 아내를 위해 몇시간
짬을 낼 수 없는 처지도 같고
친구들과 어울려 시큼한 호프잔만 들이켜는 것도 같다
생계는 여전히 발뒤꿈치 물려고 달려오는 도사견
그때도 달렸고 지금도 달리지만
머리카락만 성성해졌고 약간 배가 나와
달리기가 힘들다는 것
하지만 이 긴 경주가 얼마 남지 않았다는 것이 위안
일까
시멘트벽에 붙은 입동의 헐벗은 담쟁이덩굴이
내 몸으로 달려올 것 같아
나는 열린 창을 화급히 닫는다.

　　　　　　　　　　　　　　　—「10년 전의 일기장에」 전문

　강형철의 자본주의와의 긴 쟁투는 풍자와 고백뿐만 아
니라 때론 빛나는 아포리즘으로 이어지기도 한다. 남산
아랫자락으로 날마다 출근하는 그는 허공에 매달려 가는
케이블카를 보며 기막히게도 밥주걱에 아슬아슬하게 매
달린 밥알을 떠올린다. "줄 놓치면 세상이 끝날라//밥아
주걱에 달라붙은/밥알 몇개야//남산 케이블카/기어올라
가는 외줄//빈집 허청 갈퀴 끝/가로질러 빛나는/한 줄 거
미줄의 눈부심". 이 「거미줄」에서 강형철이 보여주는 또
하나의 언어적 특성은 '밥알' '밥주걱' '허청' '갈퀴' '거

미줄' 같은 어휘들이다. 그의 시들은 끊임없이 유년 시절의 농경어와 자연어로 환원됨으로써 문명의 배면에 깔린 대지의 건강성을 환기시킨다. 어떤 경우에도 그는 농본주의적 발상과 인식을 포기하지 않는데 이는 그가 생래적인 촌놈의 심성을 잃지 않는 생태적 근본주의자이자이며 더불어 살고 더불어 노는 공동체적 질서를 이상으로 삼는 시인이라는 걸 증명하는 것이기도 하다.

자본화된 세계의 일상과 눈터지는 싸움을 계속해가면서도 그는 "가난한 세월을 지나 다시 가난에 입맞출지라도" 사랑이 찾아오는 놀라운 순간을 놓칠 만큼 지치거나 절망하지는 않는다. 그의 '웃음'은 생의 고통들에 의해 단련된 것들로, 끊임없이 비속한 것들을 해체하고 구원한다. 이런 '웃음'을 만들어가는 강형철의 미학적 전략은 분명 풍자의 전통 속에 있는 것이라 할 수 있다.

우리의 미학적 전통과 풍자의 관계는 굳이 되짚을 필요가 없을 만큼 풍성하다. 판소리·탈춤 등 전근대적인 양식으로 거슬러올라가지 않더라도 근대문학의 높은 봉우리인 김수영(金洙暎)과 김지하(金芝河)에게서 그 모범을 읽을 수 있다. 김수영은 「어느날 古宮을 나오면서」에서 자신의 소시민적 비겁함에 대해 통렬한 풍자를 수행하고 있다. "왜 나는 조그마한 일에만 분개하는가/저 왕궁 대신에 왕궁의 음탕 대신에/50원짜리 갈비가 기름덩어리만 나왔다고 분개하고/옹졸하게 분개하고 설렁탕집 돼지같은 주인년한테 욕을 하고/옹졸하게 욕을 하고" 김수영의 풍자는 천둥 번개처럼 자기 자신을 내리친다. 그의 풍자는 자기 진정성을 얻기 위한 격렬한 고백의 형식을 취하고 있다. "아무래도 나는 비켜서 있다 절정 위에는 서 있지/ 않고 암만해도 조금쯤 옆으로 비켜서 있다"고 자기 자신의 비겁을 확인한다. 김수영의 자아를 향한 이런 풍자와 달리 김지하의 풍자는 거대권력을 향해 정면으로 날아간다. 「오적(五賊)」과 「비어(蜚語)」 등의 담시(譚詩)들은 물론 「형님」 「아주까리 신풍(神風)」 등 수많은 작품들이 부당한 권력과 부조리한 세계의 심장을 직접 겨냥하고 관통해버린다. '미시마 유끼오(三島由紀夫)에게'라는 부제가 붙은 「아주까리 신풍」은 「금각사(金閣寺)」의 작가로 널리 알려진 일본의 미시마 유끼오가 군국주의의 부활을 외치며 할복자살하자 즉각 응전을 해간 작품이다.

별것 아니여
조선놈 피 먹고 피는 국화꽃이여
빼앗아간 쇠그릇 녹여버린 일본도란 말이여
(중략)
역사의 죽음 부르는
옛 군가여 별것 아니여
벌거벗은 女軍이 벌거벗은 갈보들 틈에 우뚝 서
제 멋대로 불러대는 미친 미친 군가여

반성할 줄 모르는 일본 우익의 군사대국에 대한 열망과

향수를 겨냥한 김지하의 풍자는 그대로 필살(必殺)의 지탄(紙彈)이 되어 날아갔다. 일본은 물론 아시아 전체 지식인들의 정수리에 찬물처럼 끼얹어진 우람한 시정신이었다. 그러나 풍자가 웃음을 의도하는 것이라면 웃음이 클수록 그 효과는 통렬해질 터인데 김지하의 "풍자냐 자살이냐"나 김수영의 "풍자냐 해탈이냐"는 풍자가 웃음을 얻어내기보다 강렬한 각성과 비판의 기제로 작동하고 있음을 알 수 있다.

역사라는 이름의 공동체적 전망이 강력한 중심을 이루던 지난 시대에 비해 지나치게 개인의 사적 욕망과 자아가 절대화됨으로써 세계는 위태로울 만큼 분화되어버렸다. 이러한 현상은 더이상 "전체를 향한 긴장"을 용납하지 않는다. 쇄말적인 세계에 대응하는 풍자정신 역시 넓은 지평을 감당하기 어려워진 셈이다. 강형철의 풍자가 앞선 세대들의 구조 전체를 향한 긴장보다 그 폭이 더 약화된 듯한 인상을 주는 것도 이같은 시대적 딜레마를 반영하는 것이라 할 수 있다.

강형철의 미학적 전략은 앞서 지적한 대로 풍자와 해학이다. 풍자는 웃음을 무기로 한 비판적 태도다. 따라서 풍자는 강력한 공격성으로 풍자의 대상이 된 것들에게 상처를 주기도 한다. 반면 해학은 웃음을 사용해서 상대방을 끌어안는 애정어린 태도다. 당연히 대상에게 상처를 주지 않는다. 오히려 시니컬함이나 쉿소리 같은 뾰족함이 발생하면 해학은 실패하고 만다. 강형철의 「아현시장」은 곰살

낮은 해학의 진수를 만끽하게 한다.

> 아현시장에 오면 즐겁다
> 가게와 가게 사이 둘러쳐진 비닐에
> 이따금 머리카락이 스치는 기분도 기분이지만
> 싸구려로 쌓아놓은 스타킹 내복 양말
> 어물전 앞에서 세상을 향해 배꼽 내놓은
> 고등어 꽁치 생태
> 그 옆의 도미 조기 맛 농어 임연수어 계통 없는
> 집합이 즐겁고
> 평생 고추 빻는 일만 할 것 같은 방앗간
> 기계 사이 낀 고춧가루 털어내는 막대기 소리도 즐겁다

　일상의 고만고만한 것들 즉 제자리를 지키며 자기 쓰임새대로 자기 몫을 다하는 것들을 감싸안는 그의 시선은 특별한 수사적 접근이 없음에도 그의 말처럼 흥겨워진다. 후줄근하고 비위생적으로 보이는 작은 재래시장의 평범한 정황이 갑자기 축제의 공간으로 돌변해버린 듯 살아 움직이기 시작한다. 콧노래라도 흥얼거릴 듯한 화자의 시선은 닭전머리에 이르면 "모가지가 잘렸어도 가부좌로 태평한 닭의 종아리"를 발견하는가 하면 "엊그제 사간 옷을 바꾸러 왔다가/싸움으로 변진 옷가게는 시끄럽"지만 그 옆의 "고무함지에서 미꾸라지가 일으키는 구정물"까지도 신이 나 있는 것을 보게 된다. 특별히 값나갈 만한 물건

하나 없는(비닐, 스타킹, 머리카락, 마른 멸치, 방앗간, 고춧가루 털어내는 막대기, 고무함지, 미꾸라지 등등 이런 사물들의 계통 없는 조합과 엇갈림을 그는 '겨우 존재하는 것들' 혹은 그 질서라고 부른다. 물질의 가장 기초를 이루는 입자들처럼 삶과 삶의 토대를 이루는 가장 작은 존재들에 대한 그의 애정은 거의 종교적인 높이에 이르러 있다) 재래시장의 일상적 공간 어디에 이런 흥겨움이 숨어 있었단 말인가. 남루함을 즐거움으로 바꾸어놓는 힘은 좌대에 쌓여 있는 물건들이 모두 사람살이의 기본인 의식주와 관계를 맺고 있는 친숙한 것들이며 그것들을 향유하던 순간의 소박함과 관련을 맺고 있기 때문일 것이다. 인간의 삶과 함께 존재하면서 그것들이 거느린 삶의 기쁨과 희열 그리고 반가움 등을 표현함으로써 무한한 연대감을 가능하게 한다.

이런 재래시장은 큰 이윤을 남기는 위압적인 쟁투의 공간이 아니라 가난하지만 주머니 사정이 허락하는 대로 맘 편하게 선택하고 골라볼 수 있는 그런 곳이다. 이런 공간이야말로 지속 가능한 인간적 규모의 경제가 이루어지는 곳이 아닐까. 강형철의 자본주의에 대한 피로와 적의가 이곳에선 따뜻함과 즐거움으로 바뀌어 있다. 날카로운 풍자 대신 장난기 넘치는 해학이 넘실거리고 있다. 언어가 이끌어내는 감동은 세련된 수사나 이미지 조립 혹은 현학적인 사변의 가공에서 비롯되는 것이 아니라 언어로 포착하고자 하는 대상과의 진실한 관계에 의해 획득되는 것임을 다시 한번 확인할 수 있는 광경이다. 미메시스도 아우라도 모두 여기서 출발하는 것이다.

겨울비 오는 날 골목에서 설렁탕 한그릇을 먹고 나오는 노인을 그리고 있는 「골목에서」는 그의 해학의 뿌리가 어디에서 연유하는지 명료하게 보여준다. 점심에 설렁탕에 반주라도 한잔 걸쳤음직한 노인이 골목을 나서다가 지나가는 토종개의 엉덩이를 보고서 한 말씀을 하신다. "카아아 조오타/통실통실헌 것이". 노인이 토종개의 엉덩이를 보고 입맛을 다시는 순간 화자의 기억은 번개같이 유년시절로 돌아가 있다. 노인과 토종개 사이에 벌어지는 희화화된 광경은 기실 그가 어릴 적에 익숙하게 보았던 것들이다. 그것은 하나의 광경이기 이전에 풍자다. 그리고 그런 유쾌한 해학이 자연스럽게 일어나는 순간은 곧 강한 향수로 이어진다. 자신의 고향에 대한 향수가 아니라 기실 잃어버린 세계, 기억 속에서 작동하는 이상화된 세계다. "우렁 잡던 논두렁에서/쏜살같이 하늘로 올라가는/종달새 한마리"가 "전파사와 피자집 간판 밑에서도" 눈자위가 젖어올 만큼 강하게 기억을 반추시킨다.

이렇게 풍자와 해학 사이를 오가는 강형철의 '겨우 존재하는 세계'는 때로 숨막히는 정적의 자리를 지향하기도 한다. 정태적인 상태를 통해 '정지의 미학'에 접근해가는 것이 아니라 동적인 선이나 동작들을 통해 정지를 나타내기 위해 단절적인 어법이 자주 사용된다. "쏜살같이 하늘로 올라가는/종달새"라든지 「금화터널을 지나며」의 "능소화/환한 자리"「도림천변에서」의 "꽉 차//살아서 간다"
등이 이에 속하는 시의 구절들이다. 촌철살인의 미학을
노리는데 여백이 잘 살아나지 않는다. 아마 삶의 비애와
도취에 능한 그가 눈물의 수위 조절을 마음대로 하지 못
하는 데서 생기는 문제가 아닐까 싶다. 그는 생리적으로
감탄하고 교감하려고 하지 평가하고 심판하려고 하지 않
는다. 그러나 이런 민감한 가슴은 삐끗 한발만 잘못 내디
뎌도 풍자와 해학을 신파로 몰고 갈 위험성을 내포하고
있기도 하다. 시가 단순한 언어의 의미만을 통해 이루어
지지 않는 것이라면 형식에 대한 실험 역시 숙제로 남는
부분이다.

어떻든 강형철이 보여주는 웃음의 미학은 서구의 '비극
적 인식'에 대응할 만한 개성적인 영역이다. 웃음이 발생
하는 자리 역시 분석이 불가능한 자리가 아니던가. 그의
풍자와 해학이 끝내 피해가는 '죽음'이나 '소멸'은 남도의
다시래기 형식처럼 삶 안에 편입되어 있는데 이런 인식은
비극을 통과하면서 획득되는 정신적 층위와는 또다른 절
망 극복의 쾌활함을 제시하는 것일 수 있다.

대지와 맞부딪치면서 통통 튀어오르는 공처럼 살아 있
는 것들은 끊임없이 운동하며 자기 존재를 지속시켜간다.
웃음은 이렇게 살아 움직이는 생명의 탄력 속에서 생성된
다. 웃음이 이런 운동성과 지속성, 시간성에 개입한다면
그것은 결국 인간적인 것들의 집단적 관계를 벗어나지 않
는 것임을 알 수 있다. 앙리 베르그송(Henri Bergson)은

기계적인 것, 자동화된 것, 경직성 같은 것들을 유연한 것, 생명적인 것들과 대조시켜 웃음이 지닌 성격을 집단적, 사회적 의미로 파악하려고 했다.

　웃음을 "사회생활을 방해하는 어떤 결점에 대한 징벌"로 이해하려고 한 베르그송의 접근방법과 강형철의 미학적 전략은 여러 부분에서 일치하고 있음을 알 수 있다. "웃음은 악도 심판하지만 가장 정직한 것도, 가장 성스러운 것도, 아무것도 아닌 것으로 만들 수 있을 만큼 엄청난 파괴력을 지니고 있다"는 지적을 상기한다면 강형철의 해학과 풍자가 극도로 물신화된 자본주의 세계의 황폐를 극복해가고자 하는 매우 적극적인 전략임을 깨닫게 된다. 그의 웃음은 과잉된 풍요의 끔찍함을 뚫고 가는 '겨우 존재하는 것들'의 발효된 비명인 셈이다. 웃음을 따라가다 보면 어느새 그 극점에서 울고 있는 하회탈을 만나게 되는 것도 이 때문이다.

시인의 말

우연의 일치였을까? 시집 원고를 건네고 난 뒤 눈병을 앓았다. 두번째 시집을 내고 10년 만에 새 시집을 펴내는 처지인데도 여기 묶인 시들이 세계의 진정성에 도달하기는커녕 여러모로 모자란다는 점을 몸이 대신 고백한 것이라 생각한다.

학생들과 같이 공부하면서 시를 잘 쓰려고 하지 말고 자기가 만난 세계의 비밀 혹은 경이에 얼마나 충실했는가를 시쓰기의 유일한 잣대로 삼으라고 말해왔지만 가슴속에 섬광같이 일어나던 감격이나 설움에는 아직도 함량 미달의 정성밖에 못 가졌다는 사실이 많이 괴롭다.

애초에 제목을 '매우 작은 웃음'이라 하고 싶었다. 누군가 이 시집을 읽고 그저 작은 웃음 한쪽이라도 거둘 수 있었으면 하는 소망 때문이었다. 또한 세계의 저 근원적 모습의 한 축을 '웃음'이라 말하고 싶은데, 거기에 도달하지 못했다는 생각을 겸해서다.

나는 세계의 저 안쪽 아니 인간의 저 내부에 '웃음'이 있다고 믿는다. 그 웃음은 서로의 모순관계를 풀고 마침내 세계를 생동시키며 회통하는 근본동력이라고 생각한다. 그것은 자신을 비웃으며 동시에 세계와의 막막한 적대관계를 풀어가는 가장 원천적인 것이다. 잘난 것 못난 것들이, 가진 자 못 가진 자들이 저마다 혹은 상대와 함께 만나는 통로가 '웃음'이라고 말하고 싶었다.

물질의 궁극적인 모습이 입자이며 파동이라고 정의한 현대물리학의 의견을 존중한다면 존재가 가지고 있는 모순은 언제나 다른 모습으로 전이될 운명인 것이고 그것들은 서로가 밀고 당기는 힘의 역관계 속에서 외롭게 존재한다고 할 수 있는데, 그 사이를 화평하게 이끄는 것, 아니 그 존재의 값을 인정하는 바탕에서 서로에게 인사하는 것이 웃음 아닐까?

천천히 가도 끈질기게 가면 내 인생의 최고 정점을 만날 수 있으리라 믿는다. 달팽이가 평생 간 거리와 치타가 평생 달린 거리가 차이는 나겠지만 그렇다고 생을 통해 간 거리라는 점에서 무슨 차이가 있겠느냐는 배포로 다시 내 시의 역정을 따라갈 것이다.

사람들과 세상의 모든 것들이 여전히 참 고맙다. 가족들 포함하여 좋은 사람들 덕분으로 여기까지 왔는데 나는 아직 그 신세를 갚을 역량도 못되어 크게 어긋나지 않으리라는 다짐이나 하면서 그 사랑 앞에 절한다.

2002년 9월
강형철

창비시선 220
도선장 불빛 아래 서 있다

초판 1쇄 발행 / 2002년 10월 15일
초판 3쇄 발행 / 2017년 8월 16일

지은이 / 강형철
펴낸이 / 강일우
편집 / 고형렬 강일우 김정혜 문경미
펴낸곳 / (주)창비
등록 / 1986년 8월 5일 제85호
주소 / 10881 경기도 파주시 회동길 184
전화 / 031-955-3333
팩시밀리 / 영업 031-955-3399 · 편집 031-955-3400
홈페이지 / www.changbi.com
전자우편 / lit@changbi.com